김형석 교수의
100年 잠언집

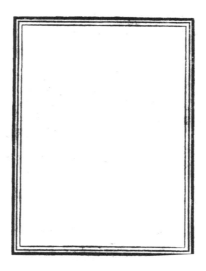

위더북

독자에게 드리는 글

2023년을 맞이하면서《김형석 교수의 행복한 나날》
이라는 탁상용 달력을 발간했습니다. 365일 동안 하
루에 한 가지 글을 묵상할 수 있도록 내 저서들 속에
서 독자들이 뽑아 준 내용입니다.

벌써 2년 반의 세월이 지났습니다. 이번에 그 내용 중
에서 10가지 주제를 선정해 마음의 양식이 되도록
정리하고, 그 주제에 따르는 에세이를 각 챕터 말미
에 새롭게 추가했습니다. 기독교 신앙을 바탕으로 한
사상적 단편들입니다.

올해로 106세를 시작하는 저는 1년이 과거 10년만큼 이나 소중하게 느껴집니다.

이 책이 여러분의 주어진 인생길에 대화를 나누는 '삶의 벗'이 되기를 바라는 마음입니다. 아울러 저와 함께 호흡해 온 평생의 독자님들에게 작지만 소중한 선물이 되면 감사하겠습니다.

2025년 새봄을 앞두고

김형석 삼가

1

행
복

행복은 인격만큼 누린다

인격은 행복을 담는 그릇이 아니라
행복을 창조하는 주체이다.

행복은 주어지는 것이 아니라

우리의 인격적 삶이 만들어 내는 것이다.

❀

행복은
선하고 아름다운 인간관계에서 온다.
더 영원한 것을 찾아가는
과정에서 생긴다.

✲

인간이 성장하는 동안에는
행복이 따른다.

※

성공과 행복은
일생에 걸쳐 평가해야 한다.

지금 당장의 것만 따진다면
값진 인생을 살기 어렵다.

세상의 모든 소유물은 언젠가
나를 떠나기 마련이다.
돈도 지위도, 자녀마저도 그렇다.

눈에 보이지는 않으나
늘 나와 더불어 있고,
누구도 빼앗을 수 없는 재산이 있다.
조화와 행복을 가져오는
미의식(美意識)이다.

아름다움을 안다는 것은
부와 명성에 못지않은
나의 소유인 셈이다.

물질적 소유에서
자족할 줄 알아야 한다.

자족은 만족감을 가져다주고
그 값있는 만족감이 곧 행복이다.

더 많이 가지려는 욕심이 남아 있는 한
인간은 절대로 행복할 수 없다.

내가 희생하고 어려움을 감내하면
그만큼 더 많은 사람이 행복해진다.

이것이 예수의 마음이다.

———— — — ———— —— —— ————— ——
———— — — —— —— —— — ———— ——
—— — — ———— — — — —— ———— —
—— — — ———— — — ———— —— ——

❀

행복이 목적이라고
생각하는 것은 착각이다.

행복은 아직 오지 않은
먼 미래에 있는 것도,
이미 사라진 과거에 있는 것도 아니다.

행복이 머무는 곳은
오직 현재뿐이고,
지금 여기에 있는 행복이
진짜 행복이다.

많은 사람이 불행은
밖으로부터 온다고 생각한다.
그런 사람들은 행복도
남이 가져다주는 것으로 여긴다.

그러나 밖으로부터 주어지는 불행을
행복의 조건으로 바꾸고
이웃에게 행복을 나누어주는 사람이
참으로 행복한 사람이다.

행복은 결코 정당한 노력 없이
공짜로 주어지는 것이 아니다.

100년 이상을 살아 보니
'내가 나를 위해서 한 일은 남는 게 없다'는
결론을 얻었다.

평생 사람들과
서로 위해주고 사랑하고 산 일은
행복으로 남아 있다.

남다른 고생을 하면서도
가족과 함께 있을 때는 한 번도
불행하다는 생각을 한 적이 없다.

사랑의 짐을 지고 살았기에
나(우리)는 행복했다.

나누는 삶을 사는 사람은

그 대가로 하늘의 보화, 즉

참다운 믿음과 정신적 풍요로움을

누리게 된다.

사랑이 있는 곳에
행복이 머문다.

2,300년쯤 전에 인류 역사 최초의 윤리학 책인《니코마코스 윤리학》이 나왔다. 그리스의 철학자 아리스토텔레스의 저서이다.

그는 이 책에서 "다른 모든 것은 원하는 사람도 있고 원하지 않는 사람도 있다. 그러나 행복은 누구나 원한다"라고 했다. 그리고 "인격이 최고의 행복이다"라는 결론을 내렸다.

독일의 괴테는 인류 최고의 지성을 갖춘 시인으로 평가받는다. 그도 인생 말년에 "인격이 최고의 행복이다"라는 교훈을 남겼다.

인격은 무엇을 위해 어떻게 살았는가의 가치와 결실이며, 그 유산은 행복이다.

나는 100세를 앞두고 한 대학에서 주는 상을 받으며 다음과 같은 감사의 뜻을 남겼다.

"주기로 결정된 상이기에 받기는 하겠습니다. 그러

나 아무리 생각해도 상 받을 자격은 없습니다. 특별한 업적을 남기지도 못했고, 보람 있는 직책을 맡은 바도 없습니다. 나보다 훌륭한 사람이 많이 있습니다. 그래도 상 받을 자격이 있을까, 아주 작은 한 가지가 있습니다. '오래 사시는 동안에 고생 많이 하셨습니다. 그 고생은 저희를 위한 고생이기도 했습니다' 하고 주신다면 눈물로 감사히 받겠습니다."

나는 100세가 되기까지 가장 어려운 시대를 살아야 했다. 안에서는 자녀와 가족을 위해서, 교육계에서는 제자들을 위해서, 정년퇴직 후에는 가난하고 힘들게 사는 이웃, 겨레와 함께 고생을 나누었다. 그러나 그 고생은 사랑하는 사람들을 위한 고생이었기에 행복했다.

사랑이 있는 삶, 그것이 행복이었다.

2

인

생

인생은 선으로 악을 극복하는 과정이다

*

비록
시련이 있을지라도

인생은
선하고 아름다운 것이다.

*

소유를 인생의 목적으로 삼지 마라.
소유하지 말고 세상에 주어라.

소유보다 중요한 건
인격을 키우고
삶을 보람 있게 사는 것이다.

*

삶의 의미를 어디에 둘 것인지
찾기 위해 끝까지 노력하며 살아야 한다.

그것이 힘들고 어렵다면
예수께 물어야 한다.

*

20대에 '앞으로 50대가 되면
어떤 인생을 살게 될까'를
염두에 두는 사람은 방황하지 않고
보람된 청년기를 보낸다.

반면 아무런 문제의식도 없이
남들 따라 사는 사람은
50대가 될 때까지
많은 시간과 노력을 낭비하게 된다.

*

내가 나를 믿고
남이 나를 믿더라도
인생이 완성되는 것은 아니다.

우리는 여전히
한계가 있는 인간이기 때문이다.

*

마지막날에 내 인생 전체가
주님이 목표였다는 고백을
할 수 있기를 소원한다.

*

올바른 인생을 살려는 사람은
행복한 사람이 되려고 하기 전에
먼저 가치 있는 사람이 되려고 생각한다.

*

그리스도의 가르침이
내 인생관과 가치관이 되고,

내 삶과 인격이
그리스도와 같아지면

우리는
과거의 나를 떠나
새로운 나로
다시 태어나게 된다.

*

자신의 인생이
오래 남아 있다고 생각하는 동안은
인생의 참된 의미를 깨닫지 못한다.

_____
_____
_____
_____

*

모든 인간은

'앞으로 어떤 길을 택하여

인생의 참됨을 얻을 것인가'라고

묻는 중에, 또 그 길을 찾아가는 중에

자신의 인생을 끝낸다.

그리스도는 일찍이

그 길을 묻는 제자들에게

'내가 곧 길'이라고 말씀하셨다.

*

영원히 살고 싶다는 욕망은
삶의 본질에 깔려 있다.

살기를 원하면서도
죽음으로 가는 길,
그것이 인생이다.

죽음은 항상
삶 속에 머물러 있다.

*

인생에서
계란의 노른자에 해당하는 황금기가 있다면
60세에서 75세까지라고 생각한다.

행복이 무엇인지,
사는 의미와 가치가 무엇인지도
60세가 넘어야 알 수 있다.

개인 중심이 아닌,
사회인으로서의 인생도
60세부터이다.

*

삶은 죽음으로 가는 것이 아니라
완성으로 가는 것이다.

죽음은 모든 것을 빼앗아 가는 것이 아니라
삶을 완결지어 죽음 뒤에 남겨 준다.

인생의 석양을 맞이해
삶의 황혼기를 대하게 될 때
돌아갈 고향이 없는 인생의
고아가 되지는 말아야 한다.

*

내가 드린 기도를 나 자신은 잊고 있었어도
하나님은 그 기도를 이루어 주셨고
지금도 그 약속을 지켜 주심을 깨닫는다.

무엇보다 귀중한 것은 나의 삶을 주관하시는
하나님의 뜻과 약속이다.

결국 크리스천이 된다는 것은 기도를
통해 내 삶을 하나님과 함께하는 일이다.

*

인간의 일생은
긴 마라톤 경기와 비슷하다.

지금 누가 앞서가느냐 보다
최후의 승자가
누구인가가 더 중요하다.

독일의 히틀러가 유럽과 전 세계를 불행과 고통으로
몰아가고 있을 때 아프리카 원시림 지역에서 조용히
인류와 역사에 희망을 안겨 준 또 한 사람의 독일인
이 있었다. 알베르트 슈바이처 박사이다. 그는 히틀
러보다 14년 전에 태어났으나 히틀러보다 20년이나
더 늦게까지 불행한 사람들에게 봉사한 신학자·철
학자·음악가·의사이다.

그는 30세가 되기 전에 다른 사람이 평생에 이루지
못한 세 가지 성공을 거둔 천재에 가까웠다. 신학자
가 되면서 교회 목사가 되고, 철학을 겸하면서 대학
교수가 되었다. 어려서부터 교회에서 오르간 연주를
시작해 평생을 음악인으로 살았다. 그가 아프리카에
서 의료봉사를 하다가 유럽에 왔을 때, 그의 바흐 오
르간 연주를 역사에 남기기 위해 레코드에 취입한
음악이 세계에 보급되기도 했다. 나 같은 음악의 문
외한도 그의 바흐 연주를 감상했을 정도이다.

슈바이처는 30세를 맞이하면서 '나도 예수님처럼
신앙적 공생활을 하는 길이 없을까' 하고 고민했다.

아프리카 원시림 지역에는 의사가 없어 많은 환자가 버림받는다는 기사를 보았다. 인간애와 인간 봉사가 가장 시급한 신앙인의 삶이라고 결심한 그는 목사와 교수직을 뒤로하고 의사가 되기로 했다. 교수회의 허락을 받고 낮에는 교수로 있으면서 야간에 의학을 전공해 의사 자격을 취득했다. 유럽의 자랑스럽고 화려한 직업과 영예를 뒤로하고, 사랑하는 아내를 간호사로 동반하여 아프리카로 가 평생을 의료봉사에 이바지했다.

그러면서도 세계적 연주가의 위상을 지키려고 널빤지 위에 오르간 건반을 그려 놓고 하루에 몇 시간씩 연습을 게을리하지 않았다. 또한 신학과 철학 학위를 모두 갖추었기에 아프리카에서도 생명의 가치와 존엄성을 알리는 깊이 있는 저서를 남길 수 있었다. 특히 그의 자서전 《나의 생애와 사상》은 세계 각국어로 번역되면서 제2차 세계대전 기간에도 인류에게 미래와 희망을 전해 주었다. 그 영향은 우리 한국까지 의료 정신의 변화를 안겨 주었다. 이일선 목사는 슈바이처 박사를 찾아가 돕다가 돌아와 '울릉도

의 슈바이처'가 되었고, 지금도 슈바이처의 정신을
이어받은 의사들은 한국의 슈바이처라고 존경받는
다. 부산에서 의료에 헌신한 장기려 박사도 그중 한
사람이다.

슈바이처는 90세가 될 때까지 직접 환자를 돌보며 봉
사했다. 그러면서 프랑스의 한 친구에게 "나는 60년
동안 고통받는 환자들을 도울 수 있는 행복한 인생
을 살았다"라고 고백하는 편지를 남겼다. 임종을 앞
두고 남긴 편지였다. 그가 노벨평화상을 받자 많은
사람이 경제적 도움을 주었다. 슈바이처는 그 원조
로 한센병 환자를 위한 병동을 짓게 되어 감사하다
는 인사를 남겼다.

히틀러가 남겨 준 악의 세력은 많은 사람에게 절망
과 죽음의 역사를 남겼으나, 슈바이처는 생명의 존
엄성과 인간애의 정신을 실천해 그리스도의 정신을
남겨 주었다.

3

사
랑

사랑은 모든 행복의 원천이다

＊

사랑 없는 고생은 고통의 짐이지만,
사랑 있는 고생은 행복을 안겨 준다.

그것이 인생이다.

　　　　　　　　　　※

　　　　사랑이 구현되려면
　　투쟁이 사랑으로 바뀌어야 한다.
　　투쟁에는 사랑이 머물 곳이 없다.

※

진정한 사랑의 나무에만
자유와 평등의 열매가
동시에 달릴 수 있다.

사랑 없는 평등은
통제를 가져올 뿐이며,

사랑 없는 자유는
경쟁에서 오는 불행을
면치 못하기 때문이다.

*

사랑은
제자리에 머무는 것이 아니다.

항상 더 선하고 값진 위치로
승화될 수 있어야 한다.

그런 사랑의 터전에서
행복과 감사가 나온다.

＊

"사랑은 지혜를 낳는다"는 말이 있다.

제자와 자녀의
개성과 인격을
진정으로 사랑하는
선생과 부모는

자신도 놀랄 정도로
지혜로운 교도를
할 수 있게 된다.

※

하나님을 사랑하면 더 깊고 넓게
인간을 사랑할 수 있게 된다.

하나님이 베푸시는 진정한 사랑을 깨닫고
인간 사랑의 힘을 얻게 되기 때문이다.

＊

사람들은 사랑이
아름다움을 창조한다는
생각은 쉽게 하지 못한다.

만일 사랑이 창조의 원동력이고
창조적인 능력이 인생의 핵심이라면

우리는 사랑보다 귀한 것이
없음을 곧 깨닫게 된다.

※

사랑을 주는 사람이
사랑을 받는 사람보다
더 행복하다.

※

이해가 머리요,
동정이 가슴이라면

사랑은
머리와 가슴 위에
따스함의 손길이
더해지는 것이다.

✳

고독의 병에서 고침을 받는 사람은

오직 하나님의 사랑을

받는 사람뿐이다.

＊

사랑은
자신을 변호하지 않는다.

자신을 변명할수록
사랑의 결핍을 드러낼 뿐이다.

※

누군가를 사랑하거나
사랑을 베풀 수 있는 동안은
자아 상실이 없다.

인간은 사랑을 통해
자기를 발견하며,
자아 완성을 이루도록
되어 있기 때문이다.

＊

사랑과 자유가 조화되지 않을 때
사랑은 자유를 위해
끝없이 아픈 십자가를 지게 된다.

※

70의 시련기를 겪은 뒤
30의 평탄한 길을 걷는 동안 나는
즐거움과 더불어 행복을 느꼈다.

시련의 기간이 길었기에
더 높은 정상에 설 수 있었다.
그 시련이 고통과 불행은 아니었다.

사랑이 있었기 때문이다.

＊

'무엇을 남기고 갈 것인가?'라고 물을 때,
대답은 '사랑을 나누어주는 삶'이다.

그것보다 위대한 것은 없다.

※

폭넓은 사랑을 해본 사람이
풍부한 삶과 행복을 느끼는 법이다.

사랑의 깊이와 높이를 알기 위해서는
진정한 사랑을 체험하지 않으면 안 된다.

미국에서였다. 여행을 함께하던, 첫째, 다섯째, 여섯째 막내딸과 이야기를 나누었다. 막내딸의 얘기이다. "엄마가 조금만 지혜로웠더라면 그렇게 힘든 고생을 안 할 수 있었을 거야. 무엇 때문에 전쟁 동안 힘들게 고생했는지 몰라"라고 했다. "무슨 뜻인데?"라고 물었다. "나는 지금 두 애만 키우면서도 이렇게 고생하는데 엄마는 여섯씩이나 키우느라 고생했으니까요." 나는 "엄마가 그런 고생을 안 했으면 너와 언니는 세상에 태어나지도 못했을 거다"라고 했다. "철이 들고 보니까 엄마께 너무 죄송스러워요. 살아 계시면 '엄마, 고맙고 미안해' 하면서 붙들고 울고 싶어요. 나는 한 번도 엄마를 행복하게 해 준 일이 없잖아요" 하면서 눈물을 닦았다. 그러자 옆에 있던 큰딸이 "아버지의 고생이 더 컸을 거야. 아버지는 말씀은 안 하셔도 지금도 우리를 위해 엄마의 고생까지 받아주시니까…"라고 해 모두의 눈시울을 뜨겁게 했다.

내가 엄마에게 물어보았다. "'우리와 함께 있을 때 언제가 제일 행복했느냐'라고. 엄마의 대답은 부산에서 피란 생활을 할 때였다. 그때가 가장 깊은 사랑을 했으니까. '다른 때야 내가 없어도 되지만 그때는 내가 목숨보다 너희를 더 사랑했으니까. 그럴 때가 다시 온다면 한 번 더 너희 있는 곳까지 찾아갈게…'라고 하더라. 너희들 잠들었을 때 엄마와 함께 너희와 민족의 장래를 위해 기도드리던 때였으니까."

그 셋이 자라서 어른이 되었다. 슬하에 12명의 손주를 키우고 있다. 증손주까지 합치면 24명이 된다. 모두 사회적 중책을 맡고 있다. 의사, 교수, 법관만도 8명이다. 자기네 직업에 따라 봉사와 행복을 나누어 주고 있다.

내 아내는 그런 사랑의 수고 때문이었을까, 회갑을 넘기면서 병상 신세를 졌으나 사랑이 넘치는 행복을 느끼면서 먼저 우리 곁을 떠났다. 한 어머니의 헌신적인 사랑이 많은 가족과 이웃에게 행복을 나누어 주었다. 사랑이 있는 고생, 그 사랑이 없었다면 세상은 어떻게 되었을까. 지금도 많은 어머니의 고생이 우리의 행복을 더해 주고 있다.

4

4

희

망

신앙은 희망의 약속이다

✾

나는 적지 않은 시련 속에서도
희망이 있었기에 행복할 수 있었다.

그 희망은
어렸을 때부터의 신앙심이었다.

❋

내 인생은
언제나 기도의 연속이었다.

기도를 드린다는 것은
희망의 끈이
이어져 있다는 증거이다.

❈

용기는 희망을 낳고
희망은 용기를 일깨워 준다.

희망이 없는 곳에는
용기가 자라지 못한다.

✺

신앙은 어떤 상황에서도
절망하지 않는 의지를 가지고 사는 것이다.

신앙을 가진 사람은 역경 속에서도
희망의 끈을 놓지 않는다.

✹

성공과 영광은
젊었을 때 좌절을 겪은 후 되살아난
사람에게 주어진 특전이다.

이상과 꿈은
그대로 성취되는 것이 아니라
어두운 터널을 지난 뒤에야
얻을 수 있는 결실이다.

꿈과 소망과 이상을 버리면
인간은 살아갈 수 없다.

그 꿈은 미래에 대한
기대이자 약속이다.

그 약속이 하나님과 한 것이라면
이상과 소망을 넘어 영원한 실재가 된다.

그것은 나의 완성이자
하늘나라 건설의 열매로 남는다.

❀

그리스도는 삶이

종말과 무(無)의 길일 수밖에 없다고

생각하는 사람에게

영원에 대한 기대와 희망을

제시해 주었다.

✺

뒤를 보는 사람은
과거를 지키는 데 치중하며,

현재를 즐기는 사람은
앞으로 달리기 어려우나,

미래지향적인 사람은
개척 정신과 창조 정신으로
성장을 지속한다.

❀

고난은 삶을 풍부하게 하고,
이웃에 대한 사랑을 확대하며,
더 진실하고
영구한 삶을 약속해 주는
희망의 전제조건이다.

※

우리는 달걀 껍데기를 깨고 나온
병아리만 생각한다. 그러나
그 병아리는 달걀로 있을 때
이미 병아리의 요소를 지니고 있었다.

모든 개인은 유년기에 꿈이 있었고
그 꿈이 자라 어른이 되었다.

그 꿈을 소중하고 아름답게 가꾸어
나가는 것이 인간의 당연한 의무이다.

✻

성경을 읽어 보면
예수께서는 환자를 치유하실 때
꼭 세 가지를 찾게 하셨다.

겉으로 드러나는 질병의 치료,
정신적 위로와 안식,
그리고 믿음과 희망이다.

❋

하루의 고통도
한 달이 지나면 잊을 수 있고,
1년의 서글픔도 10년이 지난 뒤에는
기쁨으로 변할 수 있는 법이다.

사라지는 과거에 던져 버릴 것을
던지지 못하고, 찾아오는 미래에 새것을
얻지 못하는 사람은 늘 같은 자리에서
고민하게 마련이다.

그러나 버리고 취하는
삶 본래의 뜻을 다하는 사람에게는
고통과 불행이 일시적인 것으로 끝난다.

＊

독서는 나로 하여금
시간과 공간을 초월해
삶의 열정과 꿈을 안고 살도록
이끌어 준다.

열네 살 때 독서를 시작했으나
지금도 그 독서가 나에게 젊음과 꿈을
계속 안겨 주고 있다는 사실에
한없는 감회와 감사를 느낀다.

'절망은 죽음에 이르는 병'이다. 신앙은 절망을 희망에 이르게 하는 하나님과의 약속이다. 참 신앙을 체험한 사람들의 간증과 고백이다.

나는 초등학교를 졸업하는 14세 때, 절망을 느꼈다. 죽음을 체험할 정도의 심각한 병에서 벗어날 수 없다고 느꼈기 때문이다. 그래도 살고 싶었다. 기도를 드렸다. "하나님께서 저에게도 건강을 주셔서 어른이 될 때까지 살게 해 주시면 저를 위해서가 아닌, 하나님께서 맡겨 주시는 일을 하겠습니다"라는 약속의 기도였다. 기도의 응답으로 중학생이 되었다. 1학년 크리스마스 때 '내가 믿는 하나님과 예수님이 지금부터 한평생 나와 함께하실 것이며, 나는 그분이 맡겨 주시는 일을 하게 될 것이다'라는 믿음이 생겼다. 그 무언의 약속이 지금까지 계속되리라는 사실을 모르면서 체험해 왔다. 병약하게 태어나 건강을 되찾고 60세를 넘기면서부터는 누구보다도 건강하게 많은 일을 하고 있다. 내 나이에 나보다 더 많을 일을 하는 이가 별로 없을 정도이다.

나는 평생 많은 일을 하면서도 내가 직장과 취직을 부탁한 것은, 단 한 번뿐이다. 북한을 떠나 대한민국으로 와서 서울 중앙중고등학교 교사로 부임할 때였다. 1947년 10월 2일에 기독교 교사가 한 사람도 없는 학교에서 교육자 생활을 시작했다. 7년이 지나 6·25전쟁이 끝난 후에는 세 개 대학의 초빙을 받았고 연세대학교의 교수가 되었다. 백낙준 총장께서 사람을 보내와 찾아갔더니 전임 교수로 와 달라는 청탁이었다. 31년 동안 행복과 보람을 만끽하면서 즐겁게 많은 일을 했다.

65세 정년이 되었다. 주님께서는 사회에서 나에게 더 많은 일을 주셨다. 강물 속에 살던 물고기가 바다로 나온 것 같은 느낌이었다. 모든 일이 내 명예나 보수보다는 섬기고 봉사하는 일이었다. 20여 년을 바쁘게 많은 일을 했다. 미국과 캐나다 여러 곳에서 기독교 강연과 부흥회까지 도울 수 있었다.

20여 년을 일에 쫓기면서 살다가 90세를 맞이하게 되었다. 이제는 늙었고 사회적 일은 끝내려고 했다.

그런데도 일은 계속 주어졌다. 97세가 되었을 때 한 신문사에서 선정한 저서와 문화사업의 공로자 열 사람 중 한 사람이 되었다. 나 스스로도 인정했다. 주님께서 일, 공부와 더불어 주신 사상적 열매 덕분이라는 사실을 깨달았다. 예수님의 교훈이 나를 사회와 역사의 일꾼으로 선택한 것이다. 100세가 넘어서는 내가 쓴 책이 중국어로 번역되기도 했다.

며칠 전 한 기자가 나에게 물었다. "106세를 맞이하셨는데 어떤 계획과 희망이 있느냐"라고. "얼마나 일하게 될지는 모르겠으나 나에게 주어진 앞으로의 계획과 희망은 젊은 세대와 대한민국을 위해 더 큰 기대와 희망으로 함께하는 것"이라고 대답했다. '신앙은 희망의 약속'이다.

5

감
사

감사는 마음과 마음을 연결해 준다

감사를 모르는 사람만큼
불행한 사람은 없으며,

더 많이 감사할 수 있는 사람보다
행복한 사람은 없다.

슈바이처의 마음속은
불행한 사람들을 도울 수 있도록
이끌어 주신 하나님을 향한 감사로
가득 차 있었다.

그에게 감사는
어떤 역경과 시련 속에서도
위로를 얻는 원동력이었다.

내 어린 시절은
가난과 고난의 연속이었다.
그래도 예수님을 알았기에
감사를 배울 수 있었다.

나는 매일 아침
'주의 기도'를 드리는 것으로
하루를 시작한다.

하루를 온전히 그리스도께 맡기고
그리스도와 함께 살 수 있는
축복의 약속이자 감사의 기도이기
때문이다.

재산은 내 인격의 수준만큼
필요한 것이지 그보다 많이 가지면
물질의 노예가 된다.

수입이 많을 때는
적당히 나누며 살고,

수입이 적을 때는
감사한 마음을 가지고 살면 된다.

인기나 명예보다 소중한 것은
감사의 대상이 되는 것이다.

마음이 가난한 사람은
어떤 여건에서도 감사와 자족을
누릴 수 있으며,

의를 위해 수고하는 사람은
그 수고를 통해 남모르는
행복을 누리게 된다.

감사와 행복은
동전의 이쪽과 저쪽이다.

존경 받고,

감사 받고,

아낌 받는 사람이 되자.

마음과 마음을 연결해 주는 것은
'감사와 고마움'이다.

내가 상대방에게 감사와 고마움을 느끼면
그 사람은 선하고 아름다운 마음으로
더 큰 감사를 나누어주는 법이다.

직업에 대해
감사한 마음이 없는 사람은
직업이 주는 행복을 누릴 수 없고,

직장에 대해 고마운 생각을
품지 못하는 사람은
성공의 길로 나아가지 못한다.

절망적 위기 속에서 읽은
"너희가 나를 택한 것이 아니요 내가 너희를
택하여 세웠나니"라는 성경구절은
내 심근을 놀라게 했다.

그 구절을 거듭 읽으며 감사 기도를 드렸다.
그 뒤로 마음의 평안이 찾아왔고
새로운 인생을 출발하게 되었다.

감사를 모르는 사람에게
베푸는 공짜 혜택은 그 사람의 행복을
빼앗는 결과를 낳을 뿐이다.

젊은이들에게
고마운 어른으로서 존경 받지 못하고
자녀나 제자들로부터
감사의 뜻을 외면당한다면
그 잘못은 어른에게 있다.

아내는 온 가족이 지켜보는 가운데
조용히 눈을 감았다.

죽음을 앞에 두고 감사하기는
쉬운 일이 아니다.
그럼에도 모든 가족이
슬픔 속에서도 감사의 기도를 드렸다.

아내의 마지막 삶은 불행을 극복한
기적이 아닐 수 없었기 때문이다.

돈과 물건에 대해서는 감사할 줄 알면서
내 주변 사람들의 노고에 대해서는
감사할 줄 모르는 세태가 되었다.

우리가 저마다 한 가지 일에 종사한다고
전제하면, 100가지 중에 99가지를
이웃에게 받고 나머지 한 가지만을
이웃에게 나누어주는 셈이다.

그렇게 생각하면 우리는 언제나
이웃에게 감사와 고마움을
금할 길이 없게 된다.

누구에게든 감사하다는
말을 듣는 삶이
진짜 가치 있는 삶이다.

이기주의자는 인간관계가 모자라기 때문에 감사를 모른다. 그래서 불안해진다. 주변에서 자주 듣는 얘기가 있다. 사랑을 했는데 성격 차이가 심해 이혼했다고, 열심히 맡은 일을 했는데 직장동료들이 인정해 주지 않는다고, 정년 후부터는 고독한 노인이 되었다고. 모두가 이기주의자임을 모르고 살았기 때문이다.

이기주의가 깊어지면 욕심이 커진다. 욕심이 자라면 만족과 감사를 모르니까 사랑해 주는 사람까지 원수로 대한다. 동료가 잘못돼야 내가 성공한다고 착각한다. 잘못과 악을 구별하지 못한다. 그들이 함께 모이면 집단이기주의가 된다. 밖으로는 정의와 평등을 호소하면서 안으로는 정권과 이권을 공유하려는 사회악을 조성한다. 그들이 정치를 하게 되면 사회는 분열되고 자유와 민주주의는 머물 곳이 없어진다.

이기주의 병을 치료하려면 우선 마음의 문을 열어야 한다. 다양한 성격의 공존 질서를 찾아야 한다. 그 중심을 차지하는 것이 사랑이다. 사랑은 나를 뒤로하고 상대방을 받아들인다. 사랑이 깊어지면 나를 희생하면서 사랑하는 사람을 먼저 위해 주게 된다. 그런 모성애 때문에 내가 태어났고, 사랑하는 사람들을 위해 살다가 사랑하는 사람들에게 희망을 안겨 주면서 마무리하는 것이 인생이다. "한 알의 밀이 썩어야 싹이 나 자라고 열매를 맺는다"는 교훈이 인간적 삶의 자연스러운 질서이다.

그런 삶에는 고생이 따른다고 생각한다. 하지만 사랑 많은 어머니는 자녀에게 "너 때문에 고생했다"고 말하지 않는다. "너 때문에 행복했다. 너와 모두에게 감사하고 싶다"고 말한다. 나는 사랑이 있는 교육이 세상을 바꾼다고 믿고 살았다. 제자들을 볼 때마다 혼자 생각한다. 내가 제자들을 사랑한 것보다는 제자들이 나를 더 사랑했다는 사실을. 그래서 하나님께서 교육자가 되도록 이끌어 주신 데 감사한다. 감사의 뜻이 나를 통해 제자들에게 강물같이 흘러가고 마침내는 모든 강물이 바다로 모이듯이 하늘나라가 이루어지기를 기도드리는 감사의 삶을 채우고 싶다.

6
___

믿
음
___

믿음은 인간을 새사람으로 태어나게 한다

참된 신앙의 핵심은
진실과 사랑이며,

참된 신앙의 권위는
사랑을 실천할 때 생긴다.

내가 자손들을 위하고
돕는 데에는 한계가 있다.

그러나 믿음에서 부어지는
축복에는 한계가 없다.

창조주의 섭리와
은총의 질서를
체험하며 사는 것이

신앙인에게 주어진
축복의 삶이다.

진심이 남는 사회,
인간애가 가득한 하나님 나라가
내게 주어진 마지막 목표이다.

그 목표가 없는 신앙은
신앙이 아니다.

지식은 진리에 도달해야 하고
진리는 신앙의 종착지이다.

지식은 지혜 앞에 머리를 숙이고,
지혜는 신앙 앞에 머리를 숙인다.

죽을 때까지 열심히 살고
이 방에서 저 방으로 가듯이
부끄러움 없이 죽음을 맞이하는 사람이
참된 신앙인이다.

양심은 선과 악이 어떤 것인지 알려 주지만,
인간을 고통에서 구해 줄 수는 없다.

인간은 스스로를 구원할 수 없으며
양심의 기능에는 한계가 있기 때문이다.

인류의 구원은 오직 믿음을
통해서만 가능하다.

아는 바가 없으면
불완전한 신앙이 되고

실천이 없으면
죽은 신앙이 된다.

신앙은
열린 사회로 나아가기 위해
계속해서 새로워져야 한다.

신앙이 인간애를 통해

양심과 도덕을 더 높이고

사회의 선한 질서를 뒷받침할 수 있다면

현대 사회에도 희망을 안겨 줄 수 있다.

신앙이 걸어온 역사는
악의 가능성을 구원의 능력으로
극복하는 과정이었다.

하나님의 뜻을 따라
이웃을 사랑하는 것이
신앙이다.

신앙은
인간이 하나님께로부터 와서
하나님께로 돌아가는 것이다.

신앙을 갖는 것은
하나님을 위해
나를 희생시키는 것이 아니라

내가 하나님의 은총으로
다시 태어나 구원과
성숙으로 나아가는 것이다.

신앙인이 된다는 것은
진리를 추구하는 가치관을 가지고
사는 일이며,

인간애를 실천하는 일에 누구보다도
선구적 역할을 담당하는 것이다.

신앙을 가지는 것은
자기 마음의 그릇을 가지는 것이다.
그 마음 그릇의 크기대로
주님이 채워 주신다.

어떤 그릇을 가지고 사느냐에 따라
주님이 채워 주시는 복이 달라진다.

믿음의 진정한 가치를 모르는 사람은
인격의 거듭남이나 값진 인생의 출발을
하찮게 여기고

눈에 보이는 병의 치료에만 열중하는
과오를 저지르기 쉽다.

신앙은

예수님의 은총으로 거듭나서

인격에 변화가 일어나는 것이다.

이것이 바로

진짜 기적이다.

사람은 타고난 성격대로 살다가 끝난다고 말한다. 그래서 성격은 제2의 운명이라고 믿는다. 한때 행동 과학자들은 성격도 바꿀 수 있다고 주장했다. 성격을 바꾸려면 습관이 바뀌어야 하고, 습관은 반복되는 행동에 따라 형성된다고 했다. 또 행동은 생각에 따라 달라지는데 생각은 누구나 바꿀 수 있다는 이론을 제시했다. 그러나 일방적인 견해일 뿐 긴 생애를 살다 보면 성격이 생애를 좌우한다고 믿게 된다. 셰익스피어 비극의 주인공들이 이를 잘 말해 주고 있다. 어렸을 때 굳어진 성격은 나이 들수록 삶의 내용을 크거나 작게는 할 수 있어도 사과나무에서 복숭아를 기대해서는 안 된다.

그런데 신앙인들은 성격은 바꿀 수 없어도 믿음은 인격과 삶 전체를 바꾸어 준다고 가르친다. 예수의 직접 제자였던 베드로가 그랬고, 간접 제자인 사도 바울도 그랬다.

나는 중학교 2학년 때 세계 기독교에 영향을 끼친 두 크리스천을 보았다. 미국의 헬렌 켈러 여사와 일본

의 정신계 지도자였던 가가와 도요히코(賀川豊彦)이
다. 가가와는 일본 어느 지방의 정치가가 여러 곳을
순회하다가 주점에서 일하던 여인을 통해 얻은 사생
아였다. 딸이었다면 하류 생활을 하는 여성으로 버
려졌겠으나 아들이었기에 부친의 집에서 자랐다. 쓸
모없이 외롭게 자란 셈이다. 그 소년이 젊은이로 성
장하면서 기독교 신앙을 갖게 되었다. 자신은 가장
천한 인생으로 태어났으나 하나님의 아들로 다시 태
어났고, 기독교 신도가 적은 일본을 위한 선각자로
부르심을 받았다고 여겼다. 인생의 목적과 삶의 가
치가 바뀐 것이다. 결국 노동자들이 겪는 인생 밑바
닥에서 출발해 신앙의 큰 나무(人物)로 자랐다.

일본 최초의 민간 노동조합을 창설해 복지 운동을
전개했다. 한때는 폐병으로 주치의가 치료를 포기
하는 단계에까지 이르렀으나 하나님의 일을 위해 더
살아야 한다는 기도와 신념으로 건강을 되찾았다.
그의 치료를 맡았던 의사가 의술의 한계를 극복했다
고 인정했을 정도로 기적을 체험했다.

그는 작가가 되어 《사선을 넘어서》라는 3부작을 발표해 일본 문학계와 기독교계의 전국적 관심을 모았다. 나도 그의 3부작 장편을 모두 읽었다.

그가 미국 여러 곳에서 신앙 전도회를 이끌고 세계 일주 여행을 하면서 평양에 들렀을 때 나도 그의 강연을 들었다. 체육관을 겸한 큰 강당에 청중이 가득 찼다. 평양에서는 최대 인파가 모인 집회였다. 우리는 그가 일본이 한국을 식민지로 만든 것은 역사적인 잘못임을 인정하고 속죄한다는 사실을 알고 있었기 때문이다. 일본에서 대학 생활을 하면서도 가까운 한국 친구들과 같이 그의 강연회에 참석했다.

태평양 전쟁이 끝나고 일본이 안정기에 접어들었을 즈음 일본 왕이 과거를 뉘우치고 새로운 일본을 위해 왕실 교육을 시작했을 때, 가가와가 전후 시민의 허술한 옷차림을 하고 일본 왕에게 노동 사회 교육을 강의하기 위해 왕실로 들어가는 모습을 사진에서 본 기억이 있다. 그가 "가장 천하고 부끄럽게 태어났으나 주님과 함께 새로 태어났기 때문에 과거를 부

끄럽지 않게 생각한다"고 했던 얘기를 지금도 기억
한다.

신앙은 우리를 새로운 사명과 희망으로 태어나게 한
다. 신앙은 개인과 세계를 바꾸어 주는 희망이다.

7
___

성

실
___

성실은 경건으로 승화된다

성실한 사람은
하나님도 버릴 수 없으며
악마도 유혹할 수 없다.

하나님 나라는

손 놓고 앉아서 기다리는 사람이 아니라

애쓰고 노력하는 사람에게

주어지는 것이다.

성실한 사람은 책임감이 강해서
인생에서 스스로 무거운 짐을 지려 하지만,

신앙을 가지게 되면
그 짐을 하나님께 맡기고
마음의 평안과 쉼을 누린다.

성실한 사람이 경건한 마음을 가지면
신앙의 문을 두드리게 된다.

자기 할 바를 다하고
기독교의 문을 두드릴 때
성실은 경건으로 승화되고
깊은 신앙을 갖게 된다.

어떤 학생보다도
열심히 공부하는 교수가 있어야
훌륭한 스승이 나오고,

어떤 사원보다도
성실히 노력하는 상사가 있어야
그 회사가 발전한다.

꾸준한 독서는
인격에 물 주기와 같다.

지금 생각해 보면
나 같은 사람이 그렇게 많은 일을
할 수 있었던 것은
은총의 선택이 아닐 수 없다.

내 마음은 언제나 주어진 짐을 지고
성실히 주인을 따라간
지게꾼의 심정이었다.

※

나는 지금도 성공보다는
최선을 다하는 사람이 행복하며,

유명해지기보다는
사회에 기여하는 인생이
더 귀하다고 믿는다.

지금 우리 사회에는 너무 일찍 성장을
포기하는 '젊은 늙은이'들이 많다.
40대라고 해도 공부하지 않고 일을 포기하면
녹스는 기계처럼 노쇠하게 된다.
반면 60대가 되어서도 성실하게 배우며
도전을 포기하지 않는 사람은
성장을 멈추지 않는다.

한 사람의 정체성은 그가 어떤 문제의식을
지니고 있는가에 따라 결정되며,
어떻게 문제를 해결했는가는 그가 어떤
인생을 살았는가와 일맥상통한다.
신앙은 순수한 마음, 그리고
성실한 인격과 공존하며 성장한다.

✤

"수고하고 무거운 짐 진 자들아
다 내게로 오라 내가 너희를 쉬게 하리라"
(마태복음 11:28).

이 성경 말씀은 양심에 따라 최선을 다해
살려고 노력한 사람에게 선사하는
예수의 교훈이자 위로이다.

_____
_____
_____
_____

그리스도를 따라
사랑의 짐을 지는 사람이
하나님이 주시는 행복을 얻는다.

나는 부르심을 받을 때까지
하나님의 일을 하려고 한다.

육신은 피곤하고 힘들어도
주님이 함께하시니
오늘도 감사하고 기쁘다.

서울대학교 박종홍 교수는 후배와 학생들의 존경을 받는 선배였다. 그의 인품은 인간과 학자로서의 성실함이었다. 동양인들은 공자의 후예임을 누구나 인정한다. 공자도 자신을 위해서는 성실을, 인간관계에서는 어짐(仁)을 믿고 가르쳤다. 박 교수는 "철학도가 종교와 신앙을 갖게 되면 철학적 진리 탐구는 끝나게 된다. 종교 신앙은 믿는 바를 실천해야 하기 때문이다. 철학은 죽을 때까지 진리를 탐구하며 그 진리에 머물고 싶은 본성을 갖는다"고 주장했다.

나와 생각이 다르다고 성실을 버려서도 안 되지만 성실로 끝나는 것이 철학일 수 있다. 그러나 인간은 자기 철학에서 벗어날 수도 있어야 한다. 내 경험으로는 성실로 끝나지 않고 인간적 경건성을 갖추게 되면 신앙의 문이 열린다는 것이다. 철학적 진리의 인간학적 해답이 신앙이 될 수도 있기 때문이다. 성실에 경건이 가해지면 신앙이 되고, 그 신앙은 철학적 진실을 포함한 자기 초월과 완성의 길이 된다고 생각한다. 경건이 어떤 것인가. 가장 적절한 표현은 '기도하는 마음'이다. 인간은 누구나 신체와 정신을 갖고 살기 때문에 항상 자기 한계와 종말을 부정하지 못한다. 그 한계와 종말을 초월할 수 있다면 그것은 철학의 완성이 된다.

내가 존경하는 두 철학자가 있다. 독일의 칸트와 프랑스의 앙리 베르그송이다. 그들은 철학도였기에 철학적 사유를 초월한 종교적 신앙을 언급하지 않았다. 그러나 자신의 철학을 포함한 정신적 세계를 갖고 살았다. 종교적 신앙이었다.

앙리 베르그송도 그랬다. 죽기 2년 전에 프랑스의 한 신부를 찾아가 가톨릭의 보수적인 신앙고백을 하고 세례를 받았다. 그리고 신부에게 "내가 크리스천이 되었다는 사실이 알려지게 되면 내 여생을 조용히 지낼 수 없으니까 사후에 발표해 달라"고 유언했다. 앙리 베르그송 사후에 신부를 통해 그 사실이 알려지면서 전 세계 철학인들에게 충격을 준 일이 있었다. 1941년의 일이다.

박종홍 교수도 말년에 암으로 고생하다가 죽음을 앞

두고 가족과 제자들의 권고를 받고 신앙인으로 세상을 떠났다. 교회에 가보지도 못하고 새문안교회의 신도가 되었다. 많은 사람이 뜻밖의 사실에 자기반성을 했다. 장례예배가 신문에 보도된 아침이었다. 내 연구실 옆에 있던 배종호 교수가 그 소식을 전해 듣고 "그랬었구나. 박 교수도 죽음을 앞두고는 갈 곳이 없었을 테니까"라면서 자기의 일같이 공감해 주었다.

8

겸
손
과
회
개

신은 겸손한 사람의 마음에 찾아오신다

교만과 존경은
같은 자리에 머물지 않는다.

아내는 의사들이 치료 포기를 제안한 후에도
7개월을 더 집에서 쉬면서 치료를 받았다.

그 조용하고도 겸손한 병상생활은
우리 가족에게 커다란 신앙적 교훈을 주었다.

주님은 최악의 경우에도
최선의 위로를 주신다는 사실에
우리 모두는 감격스러워했다.

호수에 물결이 일렁이면
아무것도 보이지 않지만,

수면이 잔잔해지면
하늘의 달과 별 그림자가 내려온다.

잘났다고 떠드는 동안은
신앙이 드러나지 않지만,

경건하고 겸손해지면
하나님이 찾아오신다.

겸손을 위한 겸손이나
억지로 행하는 겸손은 위선만 낳을 뿐이다.
성실한 노력과 진심을 담은 겸손이라야
사람의 마음을 움직인다.

남을 찾아다니면서 스스로를 높이려고 하는
사람은 그들로부터 업신여김을 받게 된다.

그러나 남에게 도움이 되는 일을
꾸준히 하면서 겸손한 자리를 지키는 사람은
모든 사람의 존경과 높임을 받게 된다.

내가 부족한 것을 알면
다른 사람을 지적하지 못한다.

교만한 사람은
자신의 단점을 모르는 것은 물론이고
다른 사람의 장점도 모른다.

세계 역사에 큰 교훈을 남겨 준
기독교 정신은 전후 독일의
회개 정치에서 구현되었다.

전 세계의 국가가
그런 정신을 지니고 있다면
역사는 희망의 길을 열어 갈 것이다.

성경이 회개라는 교훈을
반복해서 강조하는 것은

흑백논리와
자기 절대화의 과오에서
벗어나라는 뜻이다.

현대인에게는
자기 절대화가 곧 우상이다.

자신을 돌아보지 않는 반성의 결핍은
뜻하지 않은 과오와 불행을 가져온다.

내일만을 생각하느라
오늘을 묻지 않으며, 어제를 통해
오늘에 도움 받는 일을
생각지도 않는 것은
큰 잘못이다.

이기주의 못지않게
우리를 불행으로 이끄는 또 하나의 폐단은
선입관이나 고정관념의 노예가 되어
자유로운 판단과 인격의 향상을
저해하는 것이다.

부자가 되는 방법은 간단하다.
아무것도 소유하지 않으면 된다.
땅 한 평, 방 한 칸이 없으면 어떠랴.
하늘도 달도 별도
내 것으로 하면 그만이다.

이렇게 나는
남이 소유하는 것은 다 버리고.
남이 가질 수 없는 것을
다 내 것으로 하자고
마음을 타일렀다.

청년들은 자신들의 노력보다 시간이 더 많은
문제를 해결해 준다는 것을 알지 못한다.

특히 감정과 흥분에 붙잡혀 있을 때
시간이 악을 선으로 이끌어 준다는 것을
알면 큰 위로가 된다.

우리가 지니고 있는 시기심,
질투심, 원망, 복수심, 이기적인 사고 등이
먼저 해소되어야 다른 사람을
용서할 수 있다.

예수께서 십자가를 지셨다는 것은
우리의 죄가 언제 어디서나
믿음으로 용서받을 수 있다는 증거이다.

진실하지 못한 사고와 사상 위에는
어떤 건설도 이루어지지 못한다.

그것은 이미 선한 인간다움을
포기한 처사이기 때문이다.

반석 위에 집을 지으라는 것은
진실 위에서만 역사적 건설이
가능하다는 뜻이다.

그 원리에는 어떤 종교도
예외되지 않는다.

종교인들은 종교가 먼저이고 나와 인간은 그다음이라고 착각한다. 하지만 내가 먼저 있고 나의 완성과 구원을 위해 종교 신앙이 필요하다. 그 뜻은 무엇인가. 인간다운 인간이 되라, 그래야 종교인다운 신앙을 갖게 된다는 뜻이다. 인간에게는 인간다운 삶을 염원하는 본성이 있다.

인간다운 삶을 위해서는 두 가지 기본 조건이 따른다. 이성적 판단에 의한 진실과 양심적 판단인 선의 가치이다. 진실과 선을 갖추지 못한 사람은 참 신앙을 찾아 누리지 못한다. 동물과 차이가 없는 생명을 유지할 뿐이다. 종교적 신앙도 그렇다. 진실을 버리고 선의 가치와 의미를 거부하는 신앙은 신앙이 못된다. 미신을 따르고 악을 행하는 종교와 신앙은 현대인의 자질과 권리를 갖추지 못한다.

그 대신 진실과 정직, 선한 행위와 인격을 갖추기 위해서는 두 가지 인생의 출발선이 있다. 겸손과 더 높은 삶을 위한 반성과 뉘우침, 신앙적 개념인 회개가 있어야 한다. 겸손한 사람은 자기 부족을 깨닫고 회개함으로 언제나 새로 태어날 수 있다. 그 대신 교만한 사람은 다른 사람의 존경을 받지 못하며, 자기 잘못을 모르는 지도자는 사회악을 범하게 된다. 우리가 참된 신앙을 위해서 인간적 겸손과 사회적 봉사의 뜻을 갖춘 인격을 강조하는 이유이다.

신앙을 갖춘 사람은 하나님 앞에서 자신을 살피며 타인과 사회를 위해서 내가 무엇을 봉사할 수 있을까를 생각하게 된다. 다스리거나 지배하는 것이 아닌 섬기고 봉사하는 정신이 신앙이기 때문이다. 같은 직책을 위임 맡아도 위에서 요청하거나 명령하기보다 상대방의 뜻을 존중하며 그들의 모범이 되기를 바란다. 대접받기 위해서는 먼저 대접하는 마음이 중요하고, 사랑을 베푸는 사람이 존경과 사랑을 나누어 갖는 것이 인생이다.

9

봉사와 섬김

섬기는 사람이 세상을 바꾼다

100세를 맞을 때까지
어려움 없이 인생을 이어가는 이들은 대부분
자신을 위한 욕심이 적다.

정신적으로 서둘지 않고
여유롭게 살며
마음이 평온하고 섬길 줄 아는
너그러움을 지닌 이들이다.

세상 사람들은 정권을 가져야
나라를 바꿀 수 있다고 하지만,

예수께서는 섬기는 사람이
세상을 바꾼다고 하셨다.

권력은
소유가 아니라 섬김이다.

현대인들은 제3의 경쟁인
사랑의 경쟁을 놓치고 있다.

사랑의 종교적 교훈은
더 많은 사람을 위하고
섬기는 인간애의 경쟁이다.

"최고의 인격은
최고의 행복"이라는
말이 있다.

인격은 계속해서 성장하며
다른 인격체인 이웃을
사귀고 섬기도록 되어 있다.

사람들은
남을 위하는 것이
자신의 성장과 완성을 가져온다는
사실을 모른다.

다른 사람을 섬기는 사람이
존경 받는 지도자가 되며
이웃을 위해 희생하는 사람이
역사의 위대한 인물이 된다는 것을
잊어서는 안 된다.

봉사하며 고생과 어려움을
극복해 낸 경험은

일생 동안 인내와 용기를
갖게 하는 원동력이 된다.

평생 동안
봉사의 기쁨과 행복을
모르고 살았다면

인생의 소중한 알맹이를
놓치고 산 셈이다.

소유에 대한 욕망은
재산에 그치지 않는다.
명예, 지위, 권력, 업적 모두가
소유의 대상과 내용이 될 수 있다.

예수께서는 이런 것들에 대한
소유욕에서 떠나야 영원한 생명에
들어갈 수 있다고 가르치신다.

정신적 가치와
인격의 숭고함을 위해서는
소유의 노예가 되어서는 안 된다.

소유는 베풀기 위한 것이지
즐기기 위한 것이 아니다.

소유를 목적으로 삼은 사람은
결국 수중에 남은 것 없이 빈손으로 가지만,

봉사하고 섬기기로 선택한 사람은
이 땅에 천국을 실현하려 했던
흔적을 남긴다.

그리스도의 뜻이
이루어지는 사회는

최선을 다하는 사람이
아낌과 사랑을 받고,

섬기며 봉사하는
사람이 지도자가 되어
존경받는 사회이다.

자신에게 맡겨진 일을
사회와 이웃을 위한 봉사의
수단으로 생각하는 사람은

그 일을 통해 사람을 위하고 섬기는
가장 고귀한 임무를 다하게 된다.

선한 업적을 남긴 사람은
그에 따른 정당한 보상을 받고,

참다운 봉사로 헌신한 사람은
감사와 명예를 함께 누리는 것이
세상의 바른 이치이다.

보람 있는 삶의 평가 기준은
'얼마나 많은 사람에게 그들이 인간답고
행복하게 살 수 있도록 도움을
주었는가'에 있다.

불행과 고통을 겪는 사람들을
돕고 보호하는 '인간에 대한 봉사'는

무엇보다도 값지고 보람 있는 일이며
사명 중의 사명이다.

그리스도의 경제관에는
'나를 위해서는 가장 적게 가지고, 이웃과
사회를 위해서는 가장 많이 주는 삶'이라는
진리가 담겨 있다. 최소의 것을 소유하고
최대의 것을 주며 사는 것보다 값진 삶이
없다는 뜻이다.

욕심은 행복을 놓치게 하지만,
값진 봉사는 불행을 느낄 틈을
허락하지 않는다.

가장 불행한 사람은
늙어서 고생하는 사람이다.

그러나 청년기의 고생은
용기와 신념을 더해 준다.

청년기의 고생만큼 인생의
고귀한 능력을 길러 주는 것도 없다.

지금도 나는 주인 되시는
하나님께서 부탁하시는 일을 하기 위해
아침에 일어나서 저녁에 잠들기까지
하루하루 열심히 일하고 있다.

이것은 내게
주어진 의무일 뿐
자랑거리는 못 된다.

나 자신이
하나님의 머슴이나 지게꾼이라고
생각하기 때문이다.

건강하게 오래 살고 싶다는 욕망보다는
사는 동안 작은 도움이라도 주어야겠다는
정성 어린 마음이 더 귀하다.

중요한 것은 신체적 그릇과 같은
건강이 아니라 그 그릇에
무엇을 담는가이다.

세상에 태어난 인간에게 주어진
책임은 자기 인격의 완성이다.

그 완성을 위해 더 많이
배우고 더 많이 일해야 한다.

내가 푸대접을 받았어도
상대방을 대접할 수 있는 인품,
모두의 인격을 고귀하게 여기는 교양,
그 이상의 자기 수양은 없다.

6·25전쟁 때였다. 부산 재한유엔기념공원에서 바닷
가로 가면 한센병 가족들이 거주하는 용호동이라는
마을이 있었다. 관리 책임자 목사님의 허락을 받고
5-6명의 고등학생과 함께 휴양 차 갔다. 바닷가 소나
무 공원이 절경이었기 때문이다.

간 다음날이 수요일이었기에 목사관 아래쪽에 있는
교회당에서 저녁 예배가 있었다. 나는 학생들과 따
로 떨어진 내빈석에서 예배에 참석했다. 목사님을
돕는 박 선생이라는 여선생이 모든 절차와 안내를
맡아 주었다. 학생들에게는 어머니 격이 돼 보이는
데, 상당한 미모를 갖추고 있었다. 박 선생은 우리에
게 도움이 되는 안내와 신앙적인 얘기를 들려주기도
하고, 우리를 위해 김치와 식사에 도움이 되는 것들
을 살펴 주곤 했다.

박 선생은 환자촌 가까이에 살면서 대부분의 시간을
환자들, 특히 어린이들을 가르치며 키우는 책임을
맡고 있었다. 돌봄 교사 자원봉사를 하는 듯싶었다.
목사님의 얘기에 따르면 적지 않은 재산도 갖춘 편

이라고 했다.

2-3일이 지나 우리가 떠나는 날이 되었다. 박 선생이 나에게 찾아와 내일 새벽에서 이른 아침까지는 사무실 앞 운동장에서 학생들에게는 보여 주기 힘든 행사가 있으니 식사 전까지는 학생들이 잠자리나 방 안에 있도록 해 달라고 청했다. 목사님에게 물었더니 1년에 두 차례씩 대구에서 자동차가 와 마을에 사는 어린이들을 데려가 종합 진단을 받는다는 것이었다. 종합 진단에서 감염되지 않은 어린이들은 대구에서 건강한 애들과 함께 교육을 받도록 이끌어 주고, 감염이 된 어린이는 다시 부산의 상애원으로 데려온다는 설명이었다.

새벽 시간에 나 혼자 운동장에 나갔다. 부모들이 어린이들을 데리고 나와 버스에 태우고 있었다. 건강한 아들딸들을 보내면 마지막 이별이고, 감염아가 되어서 되돌아오면 평생 환자로 함께 사는 운명이 된다. 부모들은 마지막 작별이 되기를 원하지만 몇 어린이는 되돌아오는 것이 보통이다. 부모들은 애들에게 슬픈 표정을 지을 수도 없고 잘 가라고 얘기하기도 가슴 아픈 일이었다.

박 선생은 한 아이, 한 아이를 부모들과 함께 껴안아 주면서 다시 보자고도 할 수 없고 돌아오지 말라고도 할 수 없는 침묵의 아픔과 절망과 희망의 갈림길에서 눈물만 닦고 있었다. 부모들은 싸 가지고 온 물건을 애들에게 안겨 버스에 태워 준 뒤, 애들이 못 보게 소리 내어 울었다. 박 선생이 나에게 달려와 학생들이 보지 못하도록 도와 달라고 부탁했다. 한없이 슬픈 장면을 보면 안 된다는 권고였다. 버스는 떠나고 울음소리도 그쳤다. 그로부터 2-3일 동안은 마을 전체가 침묵의 나날을 보낸다. 박 선생은 그들을 위로해 줄 방법이 없고, 목사님은 교회에 와서 기도를 드리며 예배를 인도해 주는 일을 맡아 줄 뿐이다.

다시 조용한 아침이 되고 나는 학생들과 말없이 조반을 끝냈다. 짐을 정리하고 운동장으로 나왔더니 목사님과 박 선생이 아무 일도 없었다는 듯이 우리를 전송해 주려고 기다리고 있었다. 나는 학생들을 앞세워

보내고 목사님께 감사의 인사를 했다. 내가 박 선생에게 "언제까지 여기에 머무르실 예정입니까?" 하고 물었다. "저는 여기서 살려고 왔어요. 저렇게 슬픔을 안고 사는 사람들 옆을 떠날 수 없어요"라고 했다.

신앙인에겐 어떤 사명이 있는가. 고통과 슬픔을 안고 사는 사람과 같이 있어 주는 사명이 있다.

10

정
의
와
사
명

정의는 사랑에 의해 완성된다

※

평등을 뒷받침하는 정의는
인간을 위한 사랑이며,
사랑이 정의의 질서를 높여 줄 때
진정한 평등이 이루어진다.

정의는 사랑에 의해
완성되기 때문이다.

✹

세상 사람들은 정의를
지키기 위해 사회악과 싸운다.

크리스천은 거기에 더해
사랑과 봉사의 정신을 가지고
인류 역사의 악에
대적할 수 있어야 한다.

※

선과 정의의 건설은
나부터 시작해야 한다.

세상의 모든 정의는 강을 사이에 두고
강의 어느 편에 있는가에 따라 달라진다.

워싱턴에서는 선으로 평가 받는 것이
모스크바에서는 악이 되기도 한다.

하지만 하나님은 땅 위에
선을 긋지 않으셨다.

※

아무리 선한 목적이라도
과정과 수단이 악하면 죄악이 된다.

하물며 이기적인 목적에
악한 수단과 방법이 사용된다면
정의의 심판을 피할 수 없다.

✹

정의를 위한 노력은 대부분
고난과 어려움을 동반한다.

그러나 그 길만이
값지고 좁은 길이기에
우리는 그 좁은 길을 택해
넓은 길로 만들 의무가 있다.

그래야 후손들이 당당하게
정의의 길을 택해 전진할 수 있다.

※

선은
사회 전체를 위한 판단이며,

정의는
모두가 걸어야 할 길이다.

욕심을 채우려는 곳에
선이 있을 수 없고,

나를 위해 살면서 정의를
내세울 수는 없다.

✹

예수께서는 사회 정의를 강조하면서도
사랑에 의한 정의의 완성을 말씀하셨다.

법은 윤리를 위해 필요하고
윤리는 인간 삶의 영구한 가치를 묻는다.

예수께서는 그 윤리적 한계를 넘어선
삶의 가능성과 희망을 가르치셨다.

꘡

인간은 세 번의 탄생을 갖는다.

생명의 탄생,
개성과 자아의 발견,
역사적 사명감의 자각이

그것이다.

자신의 생명보다 더 소중한 것을 위해
전부를 바칠 수 있는 것이 믿음이다.

따라서 신앙을 가진 사람은
누구보다도 강렬한 역사적 사명에
동참하지 않을 수 없다.

실천적 사명이 없는 신앙은
무의미한 관념적 사고에 머물고 만다.

뚜렷한 사명감을 가지고
일하다가 죽을 수 있다면

그때의 죽음은 공포와 불안을 넘어선
숭고한 죽음이 될 것이다.

삶이 참이었기에
죽음도 참일 것이다.

신앙의 가장 중요한 역할은
성숙한 인격으로의 변화와
새로운 사명의 실천이다.

※

일과 인생은
별개의 것이 될 수 없다.

내 인생에는
더 많이 일하고 더 많은 사랑을
나눠주어야 하는 책임이
있을 뿐이다.

예수님의 위대함은
가난, 고뇌, 불행, 절망, 눈물, 슬픔에
동참하신 데 있다.

그분의 사명은 바로 그런
비참함에 처한 이웃에게
진리를 전하며 위로하는 것이었다.

해방 전후였다. 우연히 프랑스의 한 철학자의 글을 읽었다. 한 사람이 캐딜락(그 당시는 고급 자동차)을 타고 파리 시내를 달려 지나갔다. 그것을 보는 젊은 이들이 "어떤 놈이 저렇게 고급 차를 타고 다녀. 차에서 끌어내고 자동차를 없애 버려"라고 한다. 만일 뉴욕에서 누가 캐딜락을 타고 가면, 보는 이들이 무엇이라고 할까. 흑인 젊은이들도 "야 근사하다. 나도 언젠가 한 번은 타 보면 좋겠다"라고 부러워한다. 프랑스의 공산주의에 젖은 젊은 세대와 미국 청년들의 차이를 지적한 이야기이다.

5년쯤 후이다. 1950년 봄에 세계적으로 유명한 신학자 에밀 브루너가 우리나라에 왔다가 감리 교회에서 강연했다. 강의 내용을 요약하면 이랬다.

"내가 유럽에 있을 때 마르크스 사상을 신봉하는 지성인과 젊은이들을 많이 만났다. 그들이 강조 강요하는 사회적 가치관은 평등을 위한 정의(正義)였다. 정의를 위해서는 자유도 양보해야 하며 평등한 이상 사회를 위해서는 사랑의 질서보다 투쟁과 혁명이 필요하다는 사람을 많이 보았다. 그러나 자유와 사랑의 가치를 부정하는 공산정권은 곧 한계에 도달할 것이라는 사실을 예감했다. 유럽의 교수 생활을 마감하고 미국으로 갔다. 신학 교수직을 지금까지 계속하고 있다. 미국은 자유를 정의보다 소중히 여긴다. 정의란 무엇인가라고 물으면 '어떻게 하면 더 많은 사람이 행복을 위한 자유를 누릴 수 있는가'라고 대답한다. 그러나 평등의 주체인 정의가 없는 사회도 완전하지는 못하다. 빈부의 격차는 심해지고 경제적 격차가 인간 생활의 가치를 좌우하며 보수의 다소로 일의 가치를 평가하는 결과가 만들어진다. 백인사회와 흑인사회의 계급적 차이는 더 이상 용납되어서는 안 된다. 평등과 정의는 자유와 사랑이 있는 사회의 부산물일 수 있다. 정의와 자유, 사랑은 인간 생존의 필수적인 가치이다. 우리가 얻을 수 있는 결론은 사랑이 인간애의 경지에까지 도달하면 정의는 사랑을 요청하며, 자유는 자비와 사랑을 받아들인다. 사랑의 나무는 자유와 평등의 열매를 함께 맺을 수 있기 때문이다. 세계사의 저류(低流)를 찾아보면 휴머니즘은 출발이면서 미래지향적이다. 휴머니

즘은 인간애의 정신이다.”

또 10년쯤 지나서다. 내가 하버드 대학에 머물렀을
때였다. 세계적인 신학자이면서 역사적 평론을 남긴
라인홀드 니버가 강의 중 남겨 준 한마디가 지금도
기억난다. “여러분은 선조와 선배로부터 물려받은
경제적 부를 차지하고 있다. 만일 ‘이 부는 우리에게
주어진 것이니까 우리의 행복과 향락을 위한 선물이
다’라는 생각에 머문다면 아메리카의 장래를 기대할
수 없다. 그 부를 세계의 가난한 나라와 국민에게 베
풀어 주어야 한다. 그 모든 나라가 균등한 부를 누리
는 선진국으로 성장하면 아메리카는 더 넓은 세계적
지도력을 갖추는 영광을 차지하게 된다”라는 얘기
였다. 그 신앙적 지도자의 정신이 지금까지 아메리
카의 위상을 유지해 준 것이 아닐까.